Lili
Petite princesse

CW01066582

La c
mystérieuse

Arnaud Alméras a la chance de vivre avec trois princesses : ses filles. Pour imaginer les aventures de Lili Barouf, il lui a donc suffi de les regarder vivre, puis d'inventer un dragonneau, une marraine-fée, un serviteur, un téléphone magique, un palais et une forêt enchantée... Ses romans sont publiés principalement chez Nathan et Bayard Jeunesse.

Du même auteur dans Bayard Poche : *Attention, voilà Simon !* (Les belles histoire) *Minuit dans le Marais* (Mes premiers J'aime lire) *Mystère et carabistouilles - Courage, Trouillard ! - Le lit voyageur - Timidino, le roi du pinceau* (J'aime lire).

Frédéric Benaglia

A comme Antibes, la ville qui l'a vu naître. B comme Bac arts appliqués, son premier diplôme, grâce auquel il est monté à Paris pour faire l'école Estienne. C comme communication, domaine dans lequel il a débuté sa vie professionnelle. D comme *D Lire*, le magazine dont il est directeur artistique. E comme Édition, car d'Albin Michel à Tourbillon, en passant par Nathan et Sarbacane, nombreuses sont les maisons qui publient ses travaux d'illustrateur. On pourrait continuer comme ça tout le long de l'alphabet... mais si vous préférez, Frédéric peut aussi vous faire un dessin !

Du même illustrateur dans Bayard Poche : *Minouche et le lion* (Mes permiers J'aime lire) *Le concours - Alerte : Poule en panne !* (J'aime lire).

La grotte mystérieuse

Une histoire écrite par Arnaud Alméras
illustrée par Frédéric Benaglia

mes premiers
j'aime lire

BAYARD POCHE

La ville

L'école
de Lili

La Forêt
Enchantée

La chambre
de Lili

Le palais de
Château-dingue

Aujourd'hui, c'est mercredi. La princesse Lili, tout excitée, appelle son dragonneau :
– Ploc ! Regarde ce que j'ai trouvé au fond de la bibliothèque ! C'est une vieille carte de la Forêt Enchantée !

Elle pose un doigt sur le parchemin, et ses yeux étincellent :

– Tu vois, là, c'est écrit : « La Grotte au Flambeau » ! Je suis sûre que cette grotte renferme un secret. Si on allait la visiter ? Moi, j'adore les mystères ! Pas toi ?

Ploc bondit autour de la petite princesse, déjà prêt pour l'aventure.

Lili court dans sa chambre et attrape son sac à dos. Elle y glisse un sachet de bonbons, une casquette et son appareil photo. Puis elle déboule dans le salon, où Boris époussette les bibelots.

La princesse le prévient :

– Boris, je vais jouer dehors avec Ploc.

– Trrrès bien, Pitite Prrrincesse, répond le fidèle serviteur. Mais, surrrtout, n'allez pas dans la Forrrêt Enchantée ! Vous savez qu'elle fourrrmille de dangers...

Oh oui, Lili le sait ! Seulement, elle est têtue et elle n'a peur de rien !

— Ne t'inquiète pas, Boris, lance-t-elle en dévalant le perron.

La princesse et son dragonneau se faufilent sous la barrière du parc. Ils suivent un sentier qui s'enfonce dans la Forêt Enchantée.

Au bout d'un moment,
Lili consulte la carte dessinée sur
son parchemin :

– Voilà le Rocher aux Mousses. On tourne à droite, on enjambe la source, et... on y est !

La fillette écarte les hautes fougères qui cachent l'entrée de la Grotte au Flambeau. Elle range le parchemin dans son sac et pénètre tout doucement à l'intérieur de la caverne.

Sur sa droite, de petits grognements attirent son attention. Elle jette un coup d'œil :

– Ça alors, Ploc ! Viens voir ! Des dragonneaux, comme toi !

Ploc tend le cou pour regarder.

Un grand sourire éclaire le visage de Lili :

– Ils sont adorables ! C'est trop génial !

Ploc, intrigué, se précipite dans la grotte. Il est ravi, lui aussi. C'est la première fois qu'il voit d'autres dragons, car il a toujours vécu dans le palais avec Lili.

Les dragonneaux l'observent d'abord avec étonnement. Puis ils s'approchent timidement, et bientôt les voilà qui jouent ensemble.

Ils sont si mignons que Lili décide de les prendre en photo.

Mais, au moment où le flash se déclenche, les dragonneaux sursautent. Très effrayés, ils filent se réfugier au fond de la grotte.

Lili les poursuit en criant :
– Hé, attendez ! Il ne faut pas avoir peur !

Soudain, deux lampes ovales s'allument dans l'obscurité. Le cœur de Lili se met à battre à toute vitesse. Elle murmure :
– On dirait… des yeux !

À cet instant, schlllaft ! une longue flamme jaillit du fond de la grotte. Lili et Ploc ont juste le temps de rouler sur le sol pour ne pas être brûlés. À deux pas d'eux, l'appareil photo n'est plus qu'un tas de cendres.

Un dragon gigantesque
aux écailles luisantes sort de l'ombre.
– Ça doit être leur maman ! s'exclame
Lili. Comme elle a l'air en colère !

Ploc est bien décidé à défendre la princesse. Il s'avance courageusement vers la
dragonne et tente de l'impressionner : il
saute, il tousse, il éternue, il pousse de
petits cris.

Lili secoue la tête :
– Mon pauvre Ploc, tu sais bien que tu n'as jamais pu ni voler, ni cracher du feu !

Face aux gesticulations du dragonneau, l'immense dragonne s'énerve pour de bon. Un nuage de fumée noire sort de ses naseaux ; sa longue queue hérissée de pointes acérées fouette l'air.

Lili réussit à l'éviter, mais Ploc est projeté contre la paroi de la caverne.

Il retombe sur le sol, incapable de faire un mouvement. Une énorme bosse se met à pousser au sommet de son crâne.

La petite princesse rampe jusqu'à son dragonneau et le serre dans ses bras :

– Nous avons besoin d'aide. Il faut que j'appelle ma marraine !

La fillette saisit son téléphone portable, que sa marraine-fée lui a offert à sa naissance. Elle appuie sur l'unique touche en forme d'étoile, comme elle le fait chaque fois qu'elle a un gros souci :

– Allô, Valentine ? C'est Lili. Je crois que j'ai fait une bêtise...

– Serais-tu, par hasard, dans la Forêt Enchantée ? demande Valentine.

– Comment as-tu deviné ? s'étonne Lili.

Puis elle lui raconte sa mésaventure.

Valentine rassure sa filleule :
– Je vais t'aider, Lili chérie.
La fée tourne trois fois sur elle-même et
prononce une formule magique :

Abracadabri-cadabra
Ploc-voli-vola

mais lorsque la nuit tombera
l'enchantement cessera.

À ces mots, un éclair jaillit du téléphone et enveloppe Ploc, encore tout étourdi. Sa bosse disparaît, et ses oreilles se mettent à tournoyer comme des hélices : le voilà qui décolle du sol ! Lili s'accroche aussitôt à ses pattes.

– Merci, Valentine !

La princesse et son dragonneau foncent jusqu'à l'air libre. Une fois sortis de la grotte, ils s'élèvent au-dessus des arbres. Mais la terrible dragonne les poursuit.

Vloufffff ! Une nouvelle flamme jaillit de sa gueule, et la jupe de Lili prend feu.

La princesse lâche une main et tape des-
sus à grands coups.

– On a failli être changés en chipolatas !
s'écrie-t-elle. Plonge dans la forêt, Ploc !
On y sera à l'abri.

Le dragonneau agite les oreilles aussi vite que possible, puis il descend en piqué. Il slalome entre les arbres et disparaît dans les fougères. Au bout de quelques virages, Lili tourne la tête : la dragonne n'est plus là. Ils ont réussi à la semer !

– On l'a échappé belle ! Bravo, mon Ploc !

Quand le dragonneau se pose enfin dans le parc, Lili pousse un profond soupir :

– Nous voilà en sécurité ! Les créatures de la Forêt Enchantée ne peuvent pas la quitter.

Dans le palais, tout est calme. Le roi et la reine travaillent dans leurs bureaux, Boris s'est assoupi sur le canapé.

Lili en profite pour se rendre discrètement dans la bibliothèque. Elle range le parchemin là où elle l'avait trouvé. Puis elle chuchote à l'attention de Ploc :

– Il est un peu brûlé… Heureusement, ça ne se voit pas trop.

Mais, lorsqu'elle relève la tête, Ploc a disparu ! La fillette se précipite à la fenêtre, restée ouverte. Elle se penche et découvre son dragonneau perché au sommet du dôme qui surmonte le palais. Il a l'air tout fier !

Lili s'exclame :

– Qu'est-ce que tu fais là ? Tu es fou ? Et si maman et papa te voyaient ? Les enchantements de Valentine, c'est MON SECRET !

La princesse court jusqu'à la terrasse et s'aperçoit que le soleil disparaît à l'horizon. Elle s'inquiète :

– La nuit tombe : l'enchantement va bientôt cesser !

Déjà, Ploc ne peut plus voler. Il se cramponne à la tige en fer du toit.

Le pauvre dragonneau a le vertige. Il se cache les yeux avec ses oreilles.

Lili lui crie :
– Laisse-toi glisser ! N'aie pas peur, je vais te rattraper !

Le dragonneau lâche prise. Le toit doré
est si lisse que Ploc arrive telle une fusée
dans les bras de Lili.

Le choc est rude. La petite princesse bas-
cule en arrière, et tous deux atterrissent
sur le garage. Puis ils se mettent à dégrin-
goler et sont projetés dans l'étang avec un
énorme splllatch !

À ce bruit, Boris se réveille en sursaut. Il dévale le perron en s'égosillant :
— Pitite Prrrincesse, que se passe-t-il ?

Le serviteur tire Lili et Ploc de l'eau. Il les enveloppe dans sa veste et grommelle :

– Je m'étais assoupi quelques secondes, et vous en avez encorrre prrrofité pour fairrre des bêtises !

C'est alors que la reine et le roi apparaissent sur le perron.

Le roi Barouf Ier fronce les sourcils :

– Tiens, notre Lili a déjà pris son bain...

La reine est stupéfaite :

– Mais... qu'as-tu encore inventé ?

La princesse sourit :

– Ne t'inquiète pas, ma petite reine de maman. J'ai rattrapé Ploc, qui était monté sur le toit. On est juste tombés dans l'eau.

– Enfin, Lili, c'est très dangereux ! s'écrie sa mère.

– Oh non ! Beaucoup moins dangereux que d'être poursuivie par... heu... une grosse dragonne en furie, par exemple !

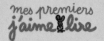

Se faire peur et frissonner
de plaisir

La nuit
de la rentrée

Un fantôme
à la bibliothèque

Réfléchir et comprendre
la vie de tous les jours

La reine
de la récré

Sonia la colle

Rêver et voyager
dans des univers fabuleux

Rentrée
sur Galata

Le trésor
du roi qui dort

Rire et sourire
avec des personnages insolites

Minouche
et le lion

Grabotte
la sotte

Se lancer dans des aventures
pleines de rebondissements

Les aventures de
Victor BigBoum
Victor veut
un animal

Attention,
voilà Tipota !

© Eric Gasté

Lire est un jeu d'enfant !

Presse

Mes premiers J'aime lire, un magazine **spécialement conçu pour accompagner les enfants du CP et du CE1** dans leur apprentissage de la lecture.

Un rendez-vous mensuel avec **plusieurs formes et niveaux de lecture :**

- une histoire courte
- un vrai petit roman illustré inédit
- des jeux et la BD Martin Matin

Avec un **CD audio** pour faciliter l'entrée dans l'écrit.

Chaque mois, les **progrès de lecture de l'enfant sont valorisés**, du déchiffrage d'une consigne de jeux à la fierté de lire son premier roman tout seul.

Réalisé en collaboration avec des orthophonistes et des enseignants.

 Pour en savoir plus : *www.mespremiersjaimelire.com*

Achevé d'imprimer en juin 2007 par Oberthur Graphique
35000 RENNES – N° Impression : 7794
Imprimé en France